樹人

桐縞 牡丹

東京図書出版

ワシは千百歳。歩くことも話すことも見ることもできない。とは言え、病気ではない。

なぜならワシは「樹《き》」だから。

目、鼻、口、耳、手足がなくても、感じることができる。幸い、痛みだけは感じないので、昆虫がワシの体液を吸おうと、哺乳類や鳥がワシの体の一部を食べようと、寛大な気持ちでいられる。くすぐったいのさえ我慢すれば……。

そしてワシは、あらゆる生物の考えていること、彼らの生い立ちまでも透視する能力を持っている。

この千百年、地球に生まれ、あらゆる生物と共存してきた。その中で、最も愚かな生物を挙げろと言われたら、即「人間」と答える。

彼らは、なぜ争いを起こすのだろう。同じ種《しゅ》同士殺し合うのは、人間だけだろう。他の生物は、いかにして種を残すかを考えるが、彼らは「自我」というものを持っているため、どうしても自分本位に考えてしまうようだ。

これまでいろんな人間が、ワシにロープを巻き付け、命を落としていった。

他の生物は、最期まで生きることを諦めないけれど、自ら命を絶つのも、人間だけではないか。

ワシには到底理解できない人間。その中で、忘れたくても忘れられない男がいる。

この本を手に取ったあなた、暇つぶしに読んでくれないか。その男と、彼を取り巻く人間の話だ。

その前に、あなたにある事件を知っておいてもらおう。


O県B市の山中で、二人の男が首を吊って死んでいた。一人は病院の院長で、他殺と判定。胸にナイフが刺さったまま、ぶら下がっていたのだ。もう一人は歯科医師で、警察は自殺と断定。解剖の結果、死因は絞首による窒息死と判明した。ただ、彼の腕には、獣に嚙み付かれたような歯型があった。これに関しては、山中を彷徨うなか、獣に襲われたのだろうとされ、自殺する動機も幾つかあった。二人は知り合いで、仲が悪かったことも証言されている。

このことから警察は、後者が前者を殺害し、そののち自殺したに違いないと読んでいる。

さて、ワシが忘れたくても忘れられない男の話だ。

その男は、もうじき五十になる歳で、名前は——日野と言った。男も女も惚れる容姿と才能にも恵まれ、実業家として活躍していた。誰もが羨む人物で、人当たりが良く、いつも幸せそうな顔をしていた。

しかしそれは、全て演技だった。自分に嘘をつき続けていたのである。

彼は、人間であることに罪悪感を抱いていた。

「大人になって社会に出ると、矛盾だらけを思い知らされた。正直者が、社会汚染された人間から苛《いじ》められる光景を、何度見ただろう。大人の社会でも、いじめはあるんだ。いじめは、この先もなくならないだろう……」

「この地球上で、さも人間が一番偉いかのように、他の生物を支配している。環境破壊もする。こんな人間たちと、自分も同じ人間なのかと思うと、恥ずかしささえ感じる。僕は、人間になりたくなかった……」

と、いつも独り言を言っていた。

一人暮らしのマンションで、彼は自分に嘘をつくことに疲れ、（どうしたら人間として生きていかずに済むのだろう……。いっそ他の生物になれたなら……）と、いつも考えていた。

毎日がルーティンのような生活を送っていたある日、ふと閃いてしまった。

(僕には趣味がない。物欲もない。人間にも興味がない。だから、お金はいくらでもある。これを使って、自分を生まれ変わらせればいいんだ!)

彼が向かった先は——美容整形の病院だった。

彼はワクワクしていた。

(これで、今の自分からおさらばできる。さて、どんな姿になろうかな……)

待合室で、ニヤニヤしながら考えた。

「日野さん、どうぞ」

名前を呼び、青柳《あおやぎ》という院長の前に座らせると、看護師は部屋から出て行った。

「今日はどんなご用ですか?」

「猿にしてください」

「は?」

(この院長、耳が遠いのか?)

日野は、今度はゆっくりと大きな声で、

「サル・に・し・て・く・だ・さ・い・！」

こんな馬鹿げたことを言いに来た患者は、初めてだった。

（此奴《こやつ》気違いか？）と思った院長は、日野に精神科医を紹介した。

「ふざけるな！」

日野は、怒鳴ったかと思うとすぐ冷静な口調に戻り、人間であることが嫌になったことを打ち明けた。

そうは言っても、この完璧な男の顔をわざわざ醜くするなんて、できるわけがない。前代未聞だ。

「君は正しい判断ができずに、一時的な感情で話しているんだ。もう一度、よく考えたまえ」

その日は日野がすんなり帰ったので、院長は胸を撫で下ろした。

翌日――日野は再び、青柳院長の病院へ向かった。

院長の前に座った日野が、昨日と同じことを言うと、病院を追い出されてしまった。

三日目――。

「院長、また同じ患者さんが来ました」

受付嬢が院長に伝えると、

「手術が入っていると言って、帰ってもらってくれ」

「……はい、わかりました」

今度は部屋に通されることなく、手術が混み合っているという理由で、日野は門前払いされた。


四日目以降は、院長は出張でいないという理由の、一点張りになった。

しかし、彼の猿に生まれ変わりたいという気持ちは変わらず、日野は一カ月も、その病院に足を運んだ。

院長は、まるで悪夢を見ているかのように、精神状態がおかしくなりそうだった。

そのことと、日野の意志の固さに負けた院長は、

「彼を通してくれ」

と、プライベートルームに日野と二人きりにさせた。

「もう一度聞く。君は本当に猿になりたいのか？」

「はい。本気です」

ハァー……。院長は大きな溜息をついた。

「君に家族は？」

「僕は一人っ子で、両親は他界しています。未婚なので、天涯孤独です」

「……手術料は一億。用意できるのか？」

「はい。お金ならあります」

「……わかった。君を猿にしてやる。しかし、声帯までは変えられないぞ」

院長はとうとう、前代未聞の手術を引き受けてしまったのである。

この手術は、院長としては内密にしたかった。というのは、本来、美しく生まれ変わらせるのが売りなのに、汚名を着せられかねないからだ。

受付嬢と看護師は、日野がなぜ院長に拒まれ続けていたのか、本当の理由は知らなかった。完璧な顔立ちゆえ、触るところがないために、院長は断っているのだと思っていた。

(彼女たちに内緒で手術をしなければ――)

「手術料は前払いだ。ここに送金してくれたまえ。確認でき次第、電話をするから、また来てくれ。契約書は、そのときに書いてもらう」

日野は嬉しそうに、病院を後にした。

翌日、真っ先に一億円を送金した日野は、数日間かけて複数の銀行に通い、全ての解約を済ませた。

(猿になったら、お金が下ろせなくなるからな……)

コインロッカーに、下ろしたお金を入れることにした。

院長から連絡があり、日野は再び院長のプライベートルームにいた。

院長は日野に、手術が終わるまでは、院内の屋根裏で生活してもらうことを約束させた。

「彼女たちに気づかれないように。声や音は出さないでくれ。用を足すときは、簡易トイレを使ってくれ。食事はきちんと運ぶ。君の手術は、いったい何カ月かかるのか、全くの未知数だ。息苦しい生活が続くと思うが、耐えられるかね?」

「大丈夫です」

日野はそんなことよりも、人間界からおさらばできることだけを考えていた。

(なんて素晴らしいんだ。僕は生まれ変われるんだ。そのためのプロセスなら、僕はいくらでも我慢できるよ)

「これで契約は終わりだ。この部屋には隠し扉がある。付いてきてくれ」

院長は、そこから廊下に出て、屋根裏部屋へ行く折り畳みの梯子を天井から下ろした。

「上《のぼ》ってくれ」

上りつくと、まあまあ小綺麗で、ちゃんとベッドもあった。窓もあるし、本が山積みだ。

「今日から好きなように使ってくれたまえ。私はまだ仕事があるので、失礼する。梯子は下から終《しま》っておくよ。君はいないことになってるんだから。簡易トイレは、隅っこにあるはずだ」

バタンッ
そう言って院長は梯子を折り畳み、いなくなった。

(まだ明るい陽射しが差している。太陽の位置からして、時刻は十三時頃だろうか……)

日野は、たっぷりある時間を、詮索に費やした。

(まずは簡易トイレっと……)

部屋は八畳くらいはある。隅々まで見回すと——。

(あったあった。これだな。——さてと、山積みの本でも見るか……)

そこには解剖学や骨格本など、いわゆる医学関係の書物しかなかった。

パラパラ捲《めく》っていると、本の中から写真が落ちてきた。床に落ちた写真を一枚ずつ拾うと、十枚あった。全て、若かりし頃の院長と思われる男と美女のツーショットで、美女は十枚とも違う女だった。

(院長の奴《やつ》、昔はプレーボーイだったのか……。これは意外だったな)

日野は壁に寄っかかった。

「うわっ」

寄っかかった途端、壁が動き出した。日野はそのまま倒れて、床に頭をぶつけてしまった。

(やばいっ、声を出してしまった……。いってー)

ふと周りを見回すと、もう一つ部屋があるようだ。隠し扉があるくらいだから、隠し部屋があっても驚かない。

日野は、こちらの部屋も詮索し始めた。こちらはちょっと薄暗いので、目が慣れるまで数秒かかった。

(箪笥の前にチェロ、バイオリンがある。そして姿見と……人形⁉)

日野は目を見開いた。ガラスケースの中に、人間と同じ大きさのフランス人形が飾られていたからだ。

（こんなに大きな人形は初めて見た。近くに行ってみよう）

人形に近づくと、微《かす》かな音に気付いた。ボタッボタッと――そう、点滴の音だ。人形の後ろに回ると――。

（あったあった。液体が入った袋だ。とすると、この人形は……生きてる⁉）

「ひゃっ」

日野はまた声を出してしまった。今度は尻餅をついて。

気を取り直して、人形を観察することにした。目は半開きの状態で、微動だにしない。皮膚は、まるで蠟を塗っているかのようだ。帽子を被《かぶ》り、フリルのあるドレスを着て、靴も履いている。点滴の管はドレスに隠れて見えないが、確かに人形と繋がっているようだ。

ギィー
梯子を下ろす音がしたので、日野は動く壁を元に戻すと、慌ててベッドに横たわった。窓から見える外は、すっかり暗くなっていた。

「日野くん、お腹が空いたろう？　夕食を持ってきた。出前だがね」

日野はわざと目を擦《こす》り、たった今目が覚めたかのように、ベッドから起き上がった。

「ここが快適で、すっかり寝てしまいました」

「ハハハッ君は嘘が上手だ。快適なわけがない」

寝ていなかったことがばれたのかと、一瞬ドキッとした日野は、得意の愛想笑いで返した。

「私もここで一緒に食べてもいいかね？　妻に先立たれて、一人で食べるご飯は寂しくてね」

「もちろんです。僕は逆に、ずっと一人で食べていましたが、もうすぐ人間からおさらばするので、最後の思い出になると思います」

二人は食べ始めた。

「院長の奥さんって、どんな人だったんですか？」

一瞬表情を曇らせた院長は、数秒後――。

「……君になら話してもいいか……彼女――冬子《とうこ》と出会ったのは、大学だった。その大学は総合大学でね、いろんな学部があったんだ。医学部、歯学部、文学部、外国語学部などね。彼女とは学部は違ったが、私が三年の頃、彼女は一年で、私が入っていた管弦楽サークルに入会してきてね。私はチェロ、彼女はバイオリンを弾いていた。顔立ちは地味だったが、彼女の内面の美に強く惹かれてね、私から交際を申し込んだんだ。彼女も二つ返事で承知してくれてね、幸せな日々を過ごしていたよ。ところが、交際を始めて半年経った頃、あんなにケラケラ笑っていた彼女が、突然笑顔を見せなくなったんだ。どうしたのか尋ねても、口を噤《つぐ》んだままなので、私はそれ以上、詮索をしないことにした。それから間もなく、彼女がサークルに来なくなったんだ。私は医学の道を目指していて忙しく、彼女と会える唯一の時間がサークルだった。もちろん、それまでに数回デートはしたが――。学校には来ていたみたいで、彼女の親友――小春《こはる》さんなら、なにか理由《わけ》を知っているのではと思い、小春さんを待ち伏せして、事情を尋ねてみた。小春さんは言うのをためらっていたが、重い口を開いてくれた。――同じサークルに角本《すみもと》という奴がいた。学部は違ったが私と同い年で、ドラム担当だった。あまり話をしたことはなかったが、いつも人をジロジロ窺うような目付きをしていて、私は好きになれんかった。だが、ドラムを叩かせると、右に出る者はなかった。そいつが、冬子にこう言ってきたらしいんだ。『君の彼氏は、君のどこに惚れたか知ってるかい？　体だよ。首から下の。アイツ言ってたぜ。スタイルはマネキンみたいに抜群だけど、顔が残念なんだよなー。顔も人形みたいに綺麗なら、申し分ないんだけどなーってね』と……」

ここまで話すと院長は、怒りが甦ったのか、顔を赤くして震え始めた。

「院長、もう話さなくていいですよ。僕が質問しなければよかった。辛い過去を思い出させてしまって、すみませんでした……」

「いや、日野くん、聞いてもらいたいんだ。私はずっと、誰にもこの怒りを打ち明けずにきた。誰かに聞いてもらうことで、少しは私も発散できるだろう。話してもいいかな？」

「はい、もちろんです」

「角本が言ったことは、全くの出鱈目《でたらめ》だ。私は先に述べたが、角本とプライベートな話を一切したことがない。ましてや、私が冬子を好きになったのは、内面の美だ。どうして角本がそんな嘘をついたのか、私に何の恨みがあったのか、全く身に覚えがなかった。私はそれを聞いて、ひどくショックを受けた。それよりも何よりも、彼女がどれほど傷ついたことか。小春さんが言うには、『たとえそれが本当だとしても、私は青柳さんが好きなの』と、冬子は言ったと。冬子は私を信じる一方で、昔から顔にコンプレックスを持っていたらしい。私は冬子をますます愛おしく思った。すぐにでも冬子に会って、身の潔白を証明したかった。でも、まずは角本の素性を調べることにした。奴は、Ｆ県にある島の寺で育ったそうだが、住職の子ではなく、赤子のとき、寺の前に置き去りにされていたそうだ。小さい頃から捻《ひね》くれ者で、幸せそうな家族を見ると、石を投げつけていたそうなんだ。コソ泥が趣味で、今まで捕まったことはないそうだ。それだけ、人を騙すことに長けていたらしい。嘘をついて同情させ、自分が気に入らない人を苦しめて喜ぶという、悪の塊のような人間だったと、住職は言っていた。『あの子が歯医者になりたいと言い出したとき、わしにはお金がなかったんじゃが、大人になれば少しはまともになるだろうと思い、借金をして今大学に通わせておる』――その角本と、学部は違うが同じ大学に通っており、嫌がらせを受けたことを、住職に説明した。『まだ直っておらんのか……。これはすまないことをしたのう。お前さんは悪くない。おそらく、お前さんが幸せそうだったからじゃろう。どうしたもんかのう……。あの子の性格は、死ぬまで直らんのかのう……』と、住職はとても悲しげな表情をしていた。これで、角本の一方的な嫌がらせだということがわかったんだ」

「厄介な人間と出会ってしまったわけですね……」

「だから、日野くんが言った、人間であることが嫌になったという気持ちが、少しはわかるよ。君も、辛い人生を送ってきたんだろうね……」

「はい……。それより、院長の話の続きが気になります……」

「わかった。だが、もうこんな時間だ。続きは明日にしよう。受付嬢と看護師は、朝八時半に出勤してくる。日曜は休みだ。彼女たちがいない間は、梯子を下ろしておくから、下に降りていいぞ。シャワー室もトイレも自由に使っていい。梯子が上がっているときは、誰かいるときだと思ってくれ」

「はい、ありがとうございます」

日野は、シャワーを浴びることにした。

(猿になったら、体を洗うこともしなくなる。最後の人間生活を楽しもう。もうすぐ僕は猿になる……)

普段は大雑把に済ませていたが、これで自分の体とお別れすると思うと、念入りに洗うのであった。

まだ人間の体を綺麗にした日野は、屋根裏部屋へ戻り、ベッドに横たわると、隣の部屋にいるフランス人形のことを思い出した。それと、十人の美女とのツーショット写真のことも——。

(今日の話だと、院長はプレーボーイではなさそうだったけど……。これは小説よりも面白くなりそうだ——)

隣の部屋の生きている?人形の恐怖よりも、明日聞ける院長の話の続きという、興味の方が勝っていた日野は、その夜ぐっすりと眠りに就くのだった。

ピピッピピッピピッ……

翌日――院長から借りた目覚まし時計の音で、日野は目を開けた。気持ちのいい目覚めだ。

時刻は六時半。梯子はまだ下りているので、洗面所へ行って顔を洗い、ついでに用も足して梯子を上《のぼ》ると、院長が二人前の食料、魔法瓶とカップを運んできた。

「両方、君の分だ。一つは朝食、もう一つは昼食分だよ。魔法瓶の中はコーヒーだ。八時になったら、梯子を上げるからね」

「至れり尽くせりで、ありがとうございます」

日野は、夕食の時間が待ち遠しかった。

(昨日の続きが早く聞きたい。でも、そればかり考えていたら、時間が経たないな……。そうだ！　隣の部屋のフランス人形を見に行こう)

院長が梯子を折り畳むのを待ってから、壁を動かして隣の部屋へ行った。

暇つぶしに、人形の謎を解く手掛かりを探してみることにした。

人形が入ったガラスケースの後ろにある点滴を観察すると、昨日は気づかなかったが、液体を入れた袋がやけに大きく、アルコールのような強い臭《にお》いが、それから漏れていた。

鼻を近づけて嗅ぐと、（間違いない。点滴の中身はホルマリンだ！）

日野は小学校の理科室に、ホルマリン漬けされた、ネズミやカエルのガラス瓶が並んでいたのを思い出した――。

（ホルマリンは殺菌、防腐用に使う。だとしたら、この人形は生きているのではなく、生きていたんだ！　ん？　ちょっと待てよ……。生きているから、静脈注射ができているのか――えっっ、生きている人間に、ホルマリンを注入してるってこと！）

日野は、ちょっと気分が悪くなってきたが、観察を続けた。

（皮膚は、本当にマネキン人形みたいだ。ガラスケース越しに見る顔と手の指は、ツヤツヤ光沢がある。この人は誰なんだ？　何のためにこんなことをされているんだ？）

ますます謎は深まるばかりだった。

軽い頭痛が治まるまで、日野は一旦その部屋を出て、ベッドに横になることにした。気づいたら、もう十二時が過ぎていた。昼食分の食料とコーヒーを頂き、すっきりした頭で、再び隣の部屋へと入っていった。

人形観察を始めると、また新たな発見があった。左手の薬指に指輪をはめている。さっきも見ているのだが、左手の上に右手を重ねるポーズをとっているため、気づかなかったのだ。

（この人に婚約者がいたのだろうか、はたまた既婚者だったのだろうか……）

点滴がある、ガラスケースの後ろ側の床から、僅かに光が漏れているのに気づいた日野は、その穴から下を覗いてみた。

（これは院長のプライベートルームだ……。あまり覗き見は趣味じゃないな……）

壁に手をついた途端、また壁が動き出した。今度は膝を床についていたため、頭をぶつけることはなかった。まさかの第三の部屋出現である。

辺りを見回すと、ここは薬品だらけだ。手術台、様々な機械、器具が置いてある。隅っこには、日野の部屋と同じ、折り畳みの梯子が上がっていた。おそらく、ここから院長は出入りして、生きている人形のホルマリンを交換しているのだろうと、推測できた。

（秘密の部屋か……。僕はこの部屋で手術されるんだろうな……。僕のために、この部屋を急遽手術室にしたというわけではなく、以前からこの部屋は使われていたに違いない。これだけの機材を、院長一人で運ぶのは無理だ。最初から手術室として使うために、この部屋は作られたに違いない。患者の中には、僕みたいに気違いめいた注文をする奴や、極秘手術を希望する奴もいて当然だ……。さてと、今日の詮索はここ

までにしよう）

第三の部屋、第二の部屋を後にし、自分の部屋へ戻ったときには、目覚まし時計は十七時前を指していた。

（院長が夕食を運んでくるまで、横になっていよう）

ベッドに転がり、目を閉じた。

ギィー
音と同時に、飼い主を待っていた犬のように飛び起きた。

院長が梯子を上り、日野の顔を見るや、

「日野くん、そんなにお腹が空いていたのかね？」

と言うほどの、満面の笑みで迎える日野であった。無論、夕食よりも、昨日の話の続きを待っていたのだが……。

「さて、話の続きだね。私は小春さんに頼んで、冬子に会わせてもらったんだ。事情を聞いたこと、角本が言ったことは出鱈目だということ、冬子の内面の美に惹かれたことを、全て打ち明けた。そうしたら、冬子は泣きながら私の胸に顔を埋《うず》め、『私、青柳さんを信じていたわ。うれしい……うれしい……』と言ってくれたんだ。私も一緒に泣いたよ……」

　そう言うと、院長は鼻を啜《すす》った。

「それから私たちは、限られた時間の中、再び愛を育んでいったんだ。冬子は、角本がいるサークルには二度と行きたくないと、退会したよ。私も、最初は奴に一言言ってやりたかったが、普通の人間じゃない奴に、何を言ったって埒《らち》が明かないことを知っていたし、奴に近寄りたくなかった。避けたかった。奴の視野に入らなければいいんだと思い、退会したんだ」

「一番いい選択だったと思います。『合わない人とは距離を置け』って言いますもんね」

　日野は相槌を打った。

「そして、私たちは学生結婚をしたんだ。狭いアパートだったが、誰にも邪魔されない生活——楽しかったな……」

　院長の顔が暗くなった。

「あの手紙さえこなければ……」

「手紙ですか？　誰からです？」

「奴だよ！　悪の塊！」

「あの角本が、また嫌がらせですか？」

「冬子宛ての、切手が貼ってなく、差出人の名前がない封筒が、ポストに入っていたんだ。封を開け、中の手紙を読んだ冬子の顔から、また笑顔が消えてしまった。私は、彼女の手から手紙を引ったくり、読んだ。内容はこうだ。『君は彼に騙されている。彼の本性はプレーボーイで、みんなが認める美女好きさ。なぜ君みたいな地味な顔の娘《こ》を選んだのか不思議だと、サークル内で話題になったんだぜ』と。『サークル』と語尾に『〜ぜ』をつける言い方で、すぐに奴だとわかった。どこまで私たちを苦しめれば気が済むのか、住んでいるアパートまで知られているのかと思ったら、背筋がゾッとしたよ」

日野は、「プレーボーイ」と「美女好き」という言葉を聞き、美女とのツーショット写真を思い出したので、咄嗟に口走ってしまった。

「それで、美女とのツーショット写真が、十枚もあったんですね……」

「写真？　何のことだ」

「山積みの本でも見ようと、パラパラ捲《めく》っていたら、本の中から十枚の写真が落ちてきたんですよ。その写真を拝見させてもらいました。これが、その写真です」

纏《まと》めて別の所に置いていた写真を院長に渡した。

「ああ、懐かしいな……。日野くん、私はプレーボーイでも何でもない。この美女は、すべて冬子なんだ……」

「えっっ！　どういうことです？」

「理解できないのも無理はない。日野くん、この続きは明日だ」

院長は話のため、あまり口にできなかった夕食を、掻き込みながら急いで食べた。

日野も同じく完食した。


日野は、ちょっとでも院長を疑ったことを反省した。人間は、両方の言葉を聞いてから判断しなければならないのに、片方の言葉だけで、しかもそれが悪い噂ほど、信じてしまう傾向にあることは、十分承知の助だった。それなのに、今まさに、自分が同じ過ちをしてしまった、角本の言葉を、ちょっとでも信じてしまった自分が嫌になった。

（僕もまだまだ人間なんだな——）この夜は、なかなか眠れなかった。

（明日、院長に謝ろう——）


ピピッピピッピピッ………

昨夜寝付きが悪かったせいで、日野は目覚まし時計を止めると、二度寝をした。

梯子を下ろす音にも気づかず、目が覚めた頃には、すでに二食分の食料、魔法瓶とカップが置かれていた。梯子は上がっている。目覚まし時計を見ると、もう九時を過ぎていた。

遅い朝食を済ませた日野は、昨夜の院長の言葉が気になり、十枚の写真をよく見ることにした。

（この美女が全て冬子さん……）

一枚一枚見ていると、その中の一枚の美女を、どこかで見たような気がした。

暫く目を閉じていた日野が、思い出したように向かった先は——そう、第二の部屋だった。写真を手に、フランス人形の顔をじっくり見つめる。

（——この人だ！　でも、他の九枚の美女も冬子さんって……？）

ギィー
外が暗くなった頃、院長が夕食を持ってきた。
「院長、昨日はすみませんでした。僕は、角本の話を信じるところでした……」
正座をして、頭を床につけた。

「日野くん、やめてくれたまえ。君が疑うのも無理はない。さあ、話を始めよう。今日は先に夕食を頂いたから、君は食べながら私の話を聞いてくれ」

院長は話し始めた。

「角本の手紙を読んでから、冬子は毎日泣いていた。人に会いたくないと、学校にも行かなくなり、とうとう彼女は退学してしまったんだ。アパートはすぐに引っ越したよ。今度は学校から遠い、古い一軒家を借りることにした。食が細くなった彼女は、日に日に衰弱していき、ある日、ポツリと言ったんだ。『あなた、私の顔を整形して』と……。私は、初めて彼女を怒った。『馬鹿なことを言うんじゃない！　君は、角本のことを信じるのか！』『ううん、違うの。あなたのことを信じてる。これは、私の願望なの。小さい頃の夢がね、フランス人形になることだったの。だから、あなたなら、私の夢を叶えてくれるはずって思って……』私は、言葉が出なかったよ。彼女の夢を叶えてあげたいのは山々だが、選りによって顔の整形だなんて……。私は本気にしていなかった。私を困らせるために、わざと言ったんだと思った。数日経って、また言うんだ。『私の顔を整形してくれる？』って……。私は、『できるわけないじゃないか！』と言ってしまった。すると彼女は、カミソリを持ってきて、私の目の前でリストカットしたんだ。私はびっくりして、叫んでいたよ。『わかった！　整形してあげるから、死なないでくれ！』って……。そうしたら彼女に笑みが戻って、『うれしい！　うれしい！』って、子供みたいに飛び跳ねるんだ。これで、彼女は本気で言っているんだとわかった。彼女の笑顔を取り戻せるならと、私は留年し、美容整形を学ぶことにしたんだ」

ここで院長がコーヒーを飲んだので、話に聞き入っていた日野は、急いで夕食を掻き込んだ。

「大学を卒業し、美容整形病院を開業できるまでになり、患者第一号が冬子だった。屋根裏に、冬子専用の手術室を作らせた。その頃には、冬子はすっかり元気になっていた。自分の顔が生まれ変わることに、ワクワクしているようだった。雑誌から、自分がなりたい洋風の顔を選び、彼女は手術台に横たわった。『目が覚めたら、この人になってるのね、私』と、満面の笑みを浮かべて言った彼女の顔が、忘れられない。本当の彼女の顔を見る、最後だったんだからね……。私は彼女に麻酔をかけ、手術を行った。手術は成功したよ。包帯が取れ、鏡を見た彼女は、私の気持ちとは裏腹に、とても喜んでいた。彼女は、自分に自信がついた様子で、それまで出不精だったのに、頻繁に外出するようになったんだ。新たな彼女の一面を発見したようで、私は幸せを取り戻していたんだ――。冬子の新しい顔にも慣れた頃、またポツリと言った。『あなた、私の顔変えて』と……。手にカミソリを持って……。『今度はこの顔』と、雑誌を指差す。私は、渋々承知した。この行為が、十回も続いたんだ。彼女は、精神的に病んでしまっていた。ある種の発作的行為だったんだろう。これで、君が見つけた十人の美女の写真が、すべて冬子だとわかってもらえたかな？」

「はい……。度肝を抜かれましたが、納得しました」

（写真の謎は解けたけど、院長はまだ、冬子さんが生きていることを隠している。思い切って尋ねてみようか――。いや、今日はやめよう……）

夕食を済ませた日野は、院長に、明日質問したいことがあると伝え、二人はそれぞれ床に就いた。


翌朝、日野は、目覚まし時計よりも先に目が覚めた。時計が鳴る前にスイッチをオフにし、梯子を下りて顔を洗った。

屋根裏生活は、まだ四日目なのに、随分と前からここにいるような感覚に包まれていた。

いつものように、二食分の食料と飲み物を受け取り、八時になるのを待った。

梯子が上がるのを確認した日野は、第二の部屋にいる冬子に会いに行くと、声を出してはいけないけれど、冬子に囁いてみた。

「あなたは冬子さんですね？」

もちろん、返事はない。

「僕は、日野といいます。青柳院長に、猿にしてもらうために、ここに来ました。僕は、人間であることが嫌になったんです。冬子さんとは、動機は違うと思いますが、何か別のモノに生まれ変わりたいという気持ちは、わかります。フランス人形になって、あなたは幸せですか？」

反応のない冬子を眺めながら、考えた。

（この世の創造主が、人間に言葉を授けたのは、他人を褒めるためであり、悪態をつくためではないはずだ。なのに、人間は、創造主の思いに反し、言葉のナイフで他人を傷つける。一見強そうに見えるけれど、その言葉で、簡単に病気になってしまう。人間は、なんて弱い生き物なんだろう――。やっぱり僕は、人間なんて大っ嫌いだ！）

「ひ……ひ……」

（なんだ！　幻聴なのか？　僕も病んでしまったのか……）

微かな声は、ガラスケースの隙間から聞こえてくる。

「の……の……」

確かに、冬子の唇が動いていた。日野は、また囁いた。

「冬子さん、ちょっと待っていてください。紙とペンを持ってきますから……」

自分の部屋へ紙とペンを取りに行き、再び冬子の下へと急いだ。

「冬子さん、ゆっくりでいいですよ。無理しないで話してください。さっきは、僕の名前を呼んでくれたんですね？」

反応はなかった。

（おかしいな……。気のせいだったのかな……）

そう思っていると、今度は瞼が、微かに動いた。

「冬子さん、他に動かせる所ありますか？」

暫く待っていると、左手の上に乗せた右手の人差し指が動いた。

（ちゃんと、こっちの言うことを理解しているんだ。質問形式にすれば、会話ができるかもしれない――）

「あなたは、冬子さんですね？『はい』なら、人差し指を動かしてください。『いいえ』なら、そのままで結構です」

するど、人差し指が動いた。

「いつも、院長と会話をしているのですか？」

暫く待ったが、指は動かない。

（院長は、冬子さんに意識があることを知らないのか？）

「ひ……ひ……み……み……つ……つ……」

「このことを、院長に喋ってはいけないということですか？」

人差し指が動く。

「冬子さん、今あなたは幸せですか？」

指は動かなかった。

冬子に無理をさせてはいけないと思い、また来ることを告げ、第二の部屋を後にした日野は、自分の部屋のベッドの上で考えていた。

（とどのつまり、あらゆる生物は、見た目で判断する。人間もだ。青柳院長のように、内面の美に惚れて結婚した人でも、愛する人の顔が変わり続ければ、嫌になるだろう。内面の美は、容姿に表れるという。院長も、整形前の冬子さんが好きだったわけで、『見た目は関係ない』という言葉は、恋愛に関しては嘘なんだ。そのことを、冬子さんは試してみたのではないだろうか――精神病のふりをして――。そうだとしたら、冬子さんが不憫に思えてきた……。恋愛において、自分に自信がない人ほど、相手を試そうとする。相手の愛を確認したいのだ。冬子さんは、確実に院長から愛されていたのに、自分から幸せを逃してしまったんだな……）

日野は起き上がり、遅い昼食を取った。

ギィー
夕食の時間がきた。

「質問したいこととは、なんだね？」

最初に切り出したのは院長だった。

「院長、僕は見つけてしまったんです。フランス人形の冬子さんを……。勝手に詮索してすみません。でも、どうして冬子さんの存在を隠してまで、ホルマリンを注入しているのですか？　なんのために？」

院長は驚く様子もなく、

「君は優秀だね。猿にするのが勿体ないと思うよ。ホルマリンまで気づくとは……」

ハァーーー。溜息をつき、話を続ける。

「彼女の笑顔を取り戻すために、十回も彼女の言うとおりにしてきたのだが、この行為は一体いつまで続くのだろう。これ以上、愛する人にメスを入れたくないという気持ちが増さってきたんだ。彼女が十一回目の発作を起こす前に、私は終わりにしたかった。最後のツーショット写真を撮ったあと、彼女に睡眠薬を入れたブランデーを飲ませた。彼女が眠りに落ちたのを確認し、用意したホルマリンを点滴して、彼女の夢を叶えようと思った。彼女を、永遠のフランス人形にしてあげようと思ったんだ。彼女が目を覚まし苦しむ前に、麻酔をかける。これを繰り返した。数日後には、彼女は動かなくなった。でも、呼吸はしている。植物人間になったんだ。私は、花を愛でるような気持ちで、彼女を愛でている。決して、彼女への愛がなくなったわけではないんだ。彼女が精神的に病んでいたとはいえ、生きた人間にホルマリンを注入する行為は、犯罪になるだろう。だから、隠すしかなかった。妻は他界したことにしたんだ……」

ここまで聞くと日野は、また自分が勘違いしていたことを悔やんだ。

(愛の形がどうであれ、院長はまだ、冬子さんを愛しているんだ。冬子さんに意識があることを伝えたいけど、今は駄目だ。明日、冬子さんに報告してあげよう。なんだか僕もうれしくなってきた)

笑みを隠すように、日野は俯《うつむ》いた。

「これで質問は終わりかな?」

「はい。これまでの話を聞かせてもらい、改めて僕は、院長に手術をしてもらいたいと感じました。院長ほど一途な人はいないと思います」

「なんだね、日野くん。私は、君から軽蔑されると思ったのだが……」

「明日で、ここに来て五日目です。僕の手術の準備は、大丈夫そうですか？」

「君の場合は特殊だからね……。猿の毛を用意するのがね……。君のために殺すわけにもいかないから、全国の動物園に、亡くなった猿が出たら、連絡をくれるように頼んでいるんだよ……。人間に最も近い、チンパンジーをお願いしてある」

「ありがとうございます。院長の過去を知ったので、今度は僕の生い立ちを聞いてもらいたいのですが……。ぜひ、僕の過去を知ってもらった上で、手術をしてもらいたいんです」

「それはいい！　ぜひ聞かせてもらいたいよ」

「では、明日から僕の番ですね」

「ワインを持ってこよう。ブランデーのほうがいいかな？」

「院長、睡眠薬抜きですよ」

「アハハハ……」

この日は二人にとって、初めて楽しい夕食となった。

チュンチュンチュン……

雀の声で目が覚めた日野は、

（いけないっ、目覚ましかけるの忘れてた……）

ふと横を見ると、院長が横たわっている。

（えっ！　そうだ、昨夜ワインとブランデーを飲んで、そのまま二人とも床で寝てしまったんだ……）

「院長、起きてください！　看護師さんたち来ますよ！」

「ん……？　日野くん、おはよう……今日は日曜だよ」

（そうか、焦った……）

胸を撫で下ろし、院長に謝った。

「すみません、起こしてしまって……」

「いや、かまわんよ。どうだね、日野くん、久しぶりに外の空気でも吸わんか。朝の散歩に行こうじゃないか」

「……いいですね、行きましょう」

二人は外に出ることにした。

久しぶりに吸う空気は、おいしかった。名も知らぬ草花が、一生懸命に咲いている姿を見て、日野は癒やされると同時に感動した。あらゆる生物の中で、植物が一番最強だと感じていた。

暫く院長と並木道を歩いていると、老人ホームが近くにあることを知った。

車椅子に乗せられた白髪の老人が、施設の人に押されて出てきた。老人も散歩のようだ。

初めは遠くてよくわからなかったけれど、近づくにつれ、見覚えのある顔だと気づいた。

（アイツだ……。まだ生きてたんだな……。風の便りで、認知症になったと聞いていたが、まさかここで会うとは……）

白髪の老人は、口をポカンと開けて、あさっての方を見ていた。

（人を泣かせると、いつか罰《ばち》が当たるんだよ！）

その老人と擦れ違いざまに、日野は心の中で罵倒した。

「日野くん、怖い顔をして、どうかしたのかい？」

「いいえ、なんでもありません……」

日野は、ちょっと速足になった。

（せっかく気分よく歩いてたのに、一気に気分が悪くなったな……）

「久しぶりに歩いたから、疲れが出たのかもしれんな……」

院長の独り言が、後ろから聞こえた。


散歩から帰ると、日野はシャワーを浴び、朝食代わりに牛乳を一杯もらうと、屋根裏のベッドに横たわった。

(今日は、冬子さんに会いに行くのはやめておこう。早く報告してあげたかったけど……)


「日野くん、もう夕方の四時だよ！」

いつの間に寝たのか、院長が起こしに来てくれた。

「ぐっすり寝ていたから、昼食は一人で食べたよ。今日は早い夕食だ。下で食べよう」


テーブルには御馳走が並べてあった。

「さて今日からは、日野くんの生い立ち話の始まりだ。ゆっくり聞かせてもらうよ」

「院長、お腹が空いているので、先に食べさせてもらいます」

そう言って、ガツガツ食べ始めた。昼食抜きで寝ていたのだから、無理もない。

ある程度お腹が満たされたところで、日野の話が始まった。

「僕は、人口のほとんどが農家という、田舎町で生まれ育ちました。人見知りをする子で、みんなでワイワイ騒ぐよりも、親友一人と遊ぶ方を好み、おとなしい性格でした。小学校低学年の頃、父の日に父親の似顔絵を描く授業があったんです。母一人子一人の暮らしだったので、先生に、『僕、お父さんがいません』と言うと、『お隣のおじさんを描きなさい』と言われました。今思えば、あれは生徒いびりだったとわかるのですが、その頃の僕は、純粋に、他人のお父さんの絵を描きました。当時、離婚は恥だと思われていたので、先生は僕ら親子を馬鹿にしていたのでしょう。それでも、僕にはなぜお父さんがいないんだろうとか、お父さんが欲しいなとかいう思いは、一切ありませんでした。他の子を羨むことがなかったんです。僕には、母親だけで十分でした。それだけ、母が何不自由なく僕を育ててくれたということです。反対に、僕は他の子から羨ましがられていました。母は美容師だったので、僕の髪型や服装が、他の子より目立っていたんだと思います。母は、動物を大事にする人でした。そのおかげで、僕の周りにはいつも、何かしらの動物がいました。鳥だったり、兎、犬、猫が。小学校高学年になると、いじめが始まりました。何気なく発した言葉が勘違いされて、『アイツと話すなよ』と、関係のない子まで巻き込むという無視が始まったんです。それまで話をしていた子が、急に話さなくなる。辛かったなぁ……。田舎の学校は、中学校になっても、級友は変わりませんから……。先生、ましてや、母に相談することができず、五年間自分を責め続けました。そんなときに、いつも傍にいてくれたのが、動物たちでした。彼らのおかげで、僕は自殺することなく、今まで生きてこれたんです」

一気に話した日野は、お茶をゴクリと飲んだ。

「院長、今日はここまでにします。明日は親父の話を聞いてください」

「日野くん、辛かったね。誰にも相談せずに、自分で乗り越えた君は偉いよ。そして、君を支えてくれた動物たちに、感謝だね。若者が、いじめを理由に自殺するのを、よく耳にするけれど、自殺する勇気があるのなら、その勇気を、いじめっ子にぶつけてほしいと思うよ。自殺は、一番の親不孝だ――」

昨夜は、あんなに楽しかったのに、一変して今夜は、不愉快の上に頭痛がする。院長に頭痛薬をもらって、床に就いた。

翌朝――目覚ましをかけなかったけれど、いつもより早く目が覚めた。

頭痛が続いていた日野は、梯子を下りて薬をもらいに行き、二食分の食料と飲み物を受け取ると、今日は一日寝て過ごすことにした。

(アイツに会っただけで、こんなに具合が悪くなるとは……。早く治して、冬子さんに伝えなくちゃ……)

ギィー
夕食の時間がくるまで横になっていたおかげで、頭痛は治っていた。
先に夕食を掻き込むと、日野は話し始めた。
「僕は、親父の顔を知らなかったし、親父がどんな人だったかも知らずに育ちました。僕が成人した頃、母が一枚の写真を見せ、話してくれたんです。その写真は、同窓会の集合写真でした。母は親父と同級生だったんです。でも、小、中と、学生時代は一度も話したことがなかったそうで、お見合い結婚でした。紳士面《しんしづら》に見えたらしく、親が決めたそうです。ところが、親父はとんでもない奴だったんです。母が子供を身籠もると、叩くわ蹴るわで流産させ、自分の快楽のためだけに性交を繰り返していたんです。しかも、母だけでは物足りず、浮気もしていました。いわゆる変態だったんです。僕は三回目に身籠もった子で、また親父の暴力が始まったため、今までずっと我慢していた母は、家を飛び出し、このまま川に身を投げようかと考えたそうです。でも、なんとか思いとどまり、離婚届を突き付け、僕を産んでくれたんです。親父はなかなか判を押さず、裁判で離婚成立になったそうです。最後まで最低な奴でした。母は、女手一つで僕を育ててくれ、大学まで通わせてくれました。感謝しかありません。その母は、昨年天国へと旅立ちました。この世で苦労したから、向こうでは幸せになってもらいたい。……院長、昨日の朝の散歩で、車椅子の老人と擦れ違ったの、覚えてますか？　アレ、親父だったんです。僕の中では、存在を抹消していたんですけど……。会いたくない奴に、会ってしまったんです……」

「あぁ……、それで怖い顔をしていたんだね。お母さまは再婚もしないで、君を大学まで通わせた。立派な人だ。相当な苦労をしただろう。君が親父さんを憎む気持ちは、よくわかる。でも、親父さんがいなかったら、君も存在しないわけで、反面教師として感謝しなければいけないよ。なかなか難しいかもしれんが——」

(反面教師かぁ——。神様は人間に、何かしら試練を与えるという。その試練は千差万別だ。一つクリアしたと思ったら、また新しい試練が与えられる。これを繰り返して、レベルアップしていくんだよな……。人生って、ゲームと同じだな――。ただ、ゲームと違うところは、攻略本がないことなんだよな。人間って大変だな……。僕は、親父に対しては、感謝したくないけど、反面教師という試練を与えてくれた、神様には感謝しようと思う）

こんなことを考えながら、眠りに就く日野だった。

翌朝――目覚ましより早く起きると、昨日と同じように梯子を下り、二食分の食料と飲み物を受け取った。

朝食を済ませると、院長が梯子を折り畳むのを待って、バタンッという音と同時に、第二の部屋へ向かった。

「冬子さん、日野です。あなたに、どうしても伝えたいことがあります。院長のあなたへの愛は、決して冷めてなどいません。あなたがどんなに顔を変えようと、植物のように動かなくなろうと、院長には関係ないんです。院長はあなたを愛しているんです。僕はこの耳で、ちゃんと院長の本心を聞きました。まだ今も、院長はあなたを愛しているんです。僕が猿になる前に、伝えておきたかったんです」

暫くすると、冬子の目から一筋の涙が零《こぼ》れた。

(ちゃんと聞こえている……)

日野は、まだ冬子に意識があることを確認できた。

「冬子さん、右手の人差し指は、まだ動かせますか?」

数秒後に、指が動いた。

「これから質問をします。『はい』なら、指を動かしてください」

日野は深呼吸して、

「今あなたは幸せですか?」

前回と同じ質問をしてみた。すると、冬子は指を動かした。前回は動かなかったのに……。

院長の愛が、やっと冬子に届いたことを、自分のことのように嬉しく感じた。

(院長に、冬子さんと意思疎通できることを知らせてあげたい。でも、冬子さんの許可をもらわないと……)

「冬子さん、院長に教えてあげてもいいですか? 冬子さんには意識があるって」

暫く待ったが、指は動かない。すると、いきなり冬子の指が、痙攣し始めた。そして、

「ひ……ひ……み……み……つ……つ……」

と、聞こえた。

冬子を興奮させてしまったと思った日野は、ガラスケースを開けて、冬子の右手を擦りながら、

「冬子さん、落ち着いてください。ごめんなさい。院長には秘密にしておきますから。ごめんなさい………」

何度も何度も謝った。

徐々に痙攣は治まって、また元の人形のような冬子に戻った。

ガラスケースを閉めると、自分の部屋へ戻り、

(どうして頑なに、院長に秘密にしておきたいんだろう？　話すことができない彼女に、理由を問い詰めるのは酷だな……。でも今日は、冬子さんが幸せだと答えてくれた。本当によかった――)

と、院長の代わりに、喜びを噛み締めていた。

夕食の時間――日野の話は続く。
「小学校高学年から中学校までの五年間、自分を責め続けた僕は、高校に入ると、やっと呪縛から解放されたような気になれました。というのは、田舎の級友たちと離

れられたからです。その頃から僕は、自分を変えようと努力しました。人見知りな性格を直そうと思ったんです。大学に入ってからは、販売のバイトをして、愛想笑いをマスターしました。これが、就職の面接で大いに役に立ったんです。大企業に就職し、上司に『君は愛想がいいね』と、可愛がられていました。取引先からも指名されるようになり、気づいたら、成績が一番になっていたんです。これで僕は、一生順調に生きていけると思っていた矢先、同僚からのいじめが始まったんです。愛想の良さは、僕にとって生きる術《すべ》でした。それなのに、『愛想笑いをやめろ』だの、『おべんちゃらを言うな』だのと、攻撃されるようになったんです。僕はまた自信を失くしてしまい、一身上の都合を理由に、辞職してしまいました。その後、職を変えて転々としましたが、どのジャンルの職にも、必ず一人は妬みをもつ人がいることに気づいたんです。僕は昔から、他人を妬んだことがないので、わからなかったんですが、社会人になって初めて、こんなタイプの人がいるんだと知ったんです。それから、僕が事業を起こして、良い人材を集め、『正直者が馬鹿を見ない世の中に変えよう』と、本気で思っていたんです。仕事はうまくいき、経済効果も認められるまでに成長しました。ところが、自分で人材を集めたのに、この目で見て、この人は正直者だと思った人を雇ったはずなのに、人間って、何かがきっかけで、心変わりするんですね、僕の会社でもいじめが発覚したんです。僕は裏切られたようで、ショックを受けました。人間が嫌になったんです。そして、自分が人間であることも嫌になったんです……。僕の赤裸々な話は、これで終わりにします。ずっと、恥ずかしいことだと、胸にしまってきたんですけど、猿になる前に、誰かに話せてよかった。体から膿《うみ》が出た感じです。院長、聞いてくれて、ありがとうございました」

「こちらこそ、話してくれて、ありがとう。辛い思いをした人ほど、他人《ひと》に優しくなれるんだと思うよ。私にとって悪と思う人物でも、中には、そいつを善人と呼ぶ人がいるかもしれない。しょせん人間は、自分中心に物事を考える生き物だということだね。ということは、私も誰かに、悪人だと思われているということだ。この世の全ての人間から、善人と呼ばれる人なんていないと思う。だから人間は、『神』という存在を創ったんだよ、きっと。そして人間は、『神』に近づくために生きているんだ。一生の間に、どれだけ近づけたかで、その人の価値が決まるんじゃないかな……」

その夜、日野は院長の言葉を、頭の中で何度も繰り返しながら寝た。この歳になって初めて、人生の師と呼べる人物に出会ったと、感じていた。

それから一週間、いつもと変わらない日々を送っていた、ある日、夕食を取っていた院長がふと口にした。

「日野くん、私の気のせいかもしれないんだが、フランス人形の冬子が、なんだか笑っているように思えてね」

「えっ！」

日野は、食べ物が喉に詰まりそうになった。

「以前は無表情だったのに、心なしか、口角が上がっているように見えるんだ」

(ああ、言いたい！　冬子さんには意識があって、意思表示もできますよって……)

日野が、どう答えようか迷っているうちに、話は変わってしまった。

「ところで日野くん、君は猿になりたいと言ったが、顔だけでいいのか、体も全身なのか、聞いていなかったね」

「もちろん、全身のつもりです」

「そうか……。すまない……、私の命はそう長くないんだ。癌に侵されていてね……。痛みがほとんどなかったから、病気に気づかなかったんだけれど、最近見つかってね。君を最後の患者にして、廃業しようかと考えているんだ。君の手術は、私一人で行うため、顔までが限界だと思う。君がどうしても体もと言うのであれば、紹介はできる。しかし、彼らが引き受けてくれるかどうかは……」

（顔だけ猿で、手足、体はツルツルの人間のままなんて嫌だ。もう、服を着なくていいようになりたいんだ。人間界から完全におさらばしたいんだ！）

日野は院長に懇願した。

「コインロッカーに、僕の全財産が入ってます。鍵を渡しますので、どうか引き受けてくれるように、便宜をお願いします」

頭を床につける日野を見て、院長は、

「頭を上げてくれたまえ。できる限りのことはするつもりだ。君は私の最後の患者なんだからね」

「光栄です。院長が患っているのに、わがまま言ってすみません」

「君も人間を捨てるわけだから、ある意味、人間としての命は、私より短いことになる。実はね、君が依頼に来た当初、私は、この手術を引き受けたら、汚名を着せられると思っていたんだよ。でも今は違う。君を最高傑作にしてあげるよ」

奇妙な共同生活も、三カ月が過ぎていた。その間に院長は、廃業の準備のため、患者を断り続け、受付嬢と看護師を解雇していた。日野はもう気兼ねなく、いつでも屋根裏と下を行ったり来たりできるようになっていた。

そんなある夕食の時間に、院長が神妙な面持ちで、口を開いた。

「日野くん、見つかったよ」

「チンパンジーですね？」

院長の次の言葉を、日野は言い当てた。

「その通り！　二カ所の動物園から、一頭ずつ、ちょうどいいタイミングで連絡があった。すぐに冷蔵保存されて、送られてくる予定だ。いよいよだね」

◇

日野は、屋根裏の手術台に横たわっている。ここは冬子のために作った、第三の部屋だ。二頭のチンパンジーが無事に届き、今日から日野の大手術が始まるのである。

「日野くん、心の準備はいいかね？」

「はい。大丈夫です。院長こそ、体に無理させないでくださいね」

「では、手術を開始します」

注射を打たれて間もなく、日野は意識が遠のいていくのを感じた。

手術は、日野の顔に、いくつもの皺を入れることから始まった。美男子の顔がどんどん醜くなっていく様《さま》にも、院長は一切の感情を抑えて、作業を続けた。

鼻を低く、上唇を分厚くすると、一日目は大まかに終わった。

意識がだんだんと戻っていく日野は、顔の痛みを徐々に感じ、包帯が巻かれているのがわかった。腕は固定されて、点滴が刺さっている。

暫く宙を見ていると、院長が梯子を上ってきた。

「日野くん、目が覚めたかね？　痛みはどうだい？」

「はひ……、すこひ……痛みが……あり……まふが……、だい……じょぶ……でふ……」

(前みたいに話せなくなった……。顔の皮膚が突っ張った感じだ。これは、猿に近づいている証だ)

日野は、痛みなんてどうでもよかった。ただ、猿になることしか考えていなかった。

「もう喋らないで聞いてくれ。毎日こんな日が続く。痛みが和らいだ頃に、また手術をしなくちゃならん。地獄だと思うが、引き返すことはできん。前進のみだ。最後まで耐えてくれ」

日野は頷いた。

(院長にとっても、地獄の日々だ。患っているのに、申し訳ない。痛みに耐えてみせる！）

手術二日目は、日野の頭皮を剝がして、チンパンジーのそれを縫い合わせる作業だった。

この手術の後の日野は、何とも言いようのない激痛で目が覚めた。この痛みは、頭からきているのがわかった。痛みを堪《こら》えるために体を捩《よじ》っていると、

「日野くん、唸り声が聞こえたが、がんばってくれよ」

と、院長が様子を見にきてくれた。

大丈夫じゃないことは、院長もわかっている。日野は、励ましの言葉が嬉しかった。

痛み止めを飲ませてもらいながら、頭皮の痛みが落ち着いた頃、目、鼻、口、歯、耳、毛、髭と、細部に亘《わた》る手術が行われていった。

こうして、二人にとって地獄の日々が続き、手術開始から九カ月が経っていた。

そんなある日、ようやく院長が包帯を取り、日野に手鏡を渡した。

目の前に猿がいる。

（これが新しい自分なのか？）

試しに、手で頭を掻いてみた。鏡の中の猿も、頭を掻いている。間違いなく、鏡の中の猿は、自分であった。

（院長、すごいです！　本当に最高傑作ですよ！）

と、喋っているはずなのだが、うまく喋れない。そこで日野は、紙とペンを、自分の部屋まで這って取りに行った。

まだ手は、人間のままなので、文字は書けた。さっき喋ったはずの言葉を、紙に書いて院長に見せた。

「日野くん、よくがんばったね。私の手術は大成功！　あとは、首から下の手術なんだが、院長仲間四人に頼んでみたところ、最初は断られたのだが、なんとか説得したら、四人とも了解してくれたよ。くれぐれも、内密にお願いしてある。さっそく明日、代表の馬場院長が、君を迎えに来るそうだ。君との生活も、今日で終わりだ。寂しくなるな……。日野くん、私が『手術料一億』と言ったのは、高く言えば気が変わるかもしれない、いや変わってほしいという願いがあったんだ。傍《はた》から見れば、君は愚かかもしれない。せっかく人間に生まれてきたのに、それに背いたのだから。でも人は、他人を幸せにできないんだ。人は、自分しか幸せにできない。だから、幸せになってくれよ……。一億円は、寄付に使わせてもらうよ」

言いたいことが喋れなくなった今、日野は院長に手紙を書くことにした。


翌日――馬場という院長のワゴン車に、使いかけの二頭のチンパンジーと日野は乗せられた。担架に横たわったまま、日野は青柳院長に手紙を渡した。

「成功を祈る！」

二人は最後の握手をし、明るく別れた。


ワゴン車は、馬場の病院へ着いた。内密なので、裏口に車を止め、関係者以外立ち入り禁止の手術室へと、チンパンジーと日野は運ばれた。

その部屋には、すでに三人の院長が待っていた。そこで初めて馬場は、日野に自己紹介をし、中条《ちゅうじょう》、土井《どい》、江上《えがみ》という三人の院長も紹介された。

「日野くん、すぐ手術に取り掛かるよ」

と、馬場は注射を打った。

こうして四人の院長による、首、胴、腕、足に、獣の毛を植毛する手術が行われていくのである。

三週間も過ぎた頃、日野はすっかり猿になっていた。もはやこの猿が、人間だなんて誰も思わないだろう。彼は全財産を捨てて、念願の猿になれたのだった。

「日野くん、手術は成功したみたいだ。ちょっと立ち上がれるかな?」

院長たちに肩を貸してもらいながら、姿見の前に立つ自分を見た日野は、思わずゾッとした。人間の面影すらない姿の自分に……。

日野は、人間の言葉でお礼を言う代わりに、四人の院長一人ずつの手を握り、お辞儀をした。

そこに、ドンドンドンッ……、ドンドンドンッ……扉を強く叩く音がした。

「日野くん、隠れて!」

咄嗟に手術台の下に潜った日野を、院長たちはシーツを垂らして隠した。

「誰だっ?」

馬場が扉の鍵を開けると、一人の男が飛び込むように入ってきた。

「角本……」

一人の院長が呟いた。

「お前ら、なんかヤバイことしてんじゃねーの?」

角本と呼ばれた男が言った。

「なんでお前がここにいるんだ！」

馬場が怒鳴ると、

「久しぶりに会う級友に言う言葉じゃねーぜ、まったく……。オレはただ、同窓会を知らせに来たんだよ。中条、土井、江上の病院に電話したら、みんな馬場ん所だって言うじゃねーか。これはなんかあるなと……」

「ここは関係者以外、立ち入り禁止だぞ！」

馬場が再び怒鳴ると、

「受付嬢に、こう言ったんだよ。『馬場院長に、応援を頼まれたんだが……』ってね。すんなり通してくれたぜ。怒るんなら、受付嬢を怒るんだな」

手術台の下で聞いていた日野は、語尾の口調でわかった。

（コイツが青柳院長を苦しめた人物だ！）

顔を見てやりたいと思っていると、ちょうどシーツに、直径二ミリほどの穴が開いているのを見つけ、そこから覗いてみることにした。

「お前、相変わらず人を騙すのはお手の物だな。あいにくだが、たった今、お開きなんだ。残念だったな。これからみんな帰るところだ。わざわざ同窓会の知らせに来てくれて、ありがとう」

馬場は、さっさと帰ってくれと言わんばかりに、角本を扉まで追いやった。
「おいおい、まだ日にちと時間、場所も言ってないぜ。来月十一月十一日、午後六時、Sコラソンホテルだ。たしかに伝えたからな！」
日野は、この男の顔をしっかり覚えた。人を窺うような目付き、青柳院長が言っていたとおりだった。
バタンッ
馬場は扉を閉め、鍵をかけた。
「日野くん、出てきていいよ」
「しかし、びっくりしたなぁ……アイツが来るとはな」（中条）
「ああいう奴に限って、変な勘が働くからな」（土井）
「青柳くんには言わないほうがいいな。同窓会も、アイツが行くんなら、行く気がしないし……」（江上）
パンパンッ
馬場は話題を変えるように、手を叩いた。
「日野くん、今日で私たちともお別れになるが、この後、君はどうするつもりだい？どこで生活していくのか、決めているのかい？」

日野は、渡された紙とペンを受け取り、会話をした。

『僕は、山で過ごそうと思います。最後のわがままを言わせてください。僕を、人気《ひとけ》のない山林まで、連れて行ってくれませんか？』

「わかった。私が責任をもって連れて行こう」

後のことは馬場に任せて、三人の院長は手術室を後にした。

◇

一方こちらは、ちょっと月日を遡って、日野を見送った後の青柳院長だ。

たった一人で、気の遠くなるような手術を終え、暫くソファーで横になり、夕方までそのまま寝ていたようだ。

目覚めのコーヒーを淹れると、机の上に置いた、日野の手紙を読むことにした。

——手紙——
青柳院長へ
長い間、たいへんお世話になりました。僕は人間界に、なんの悔いも未練もありません。院長と出会えて、そして、院長に手術をしてもらって、本当によかったです。

一つ、冬子さんのことで、伝えておきたいことがあります。彼女は、僕が生い立ち話をしていた頃は、意識がありました。質問形式にすれば、ちゃんと意思疎通ができたんです。院長の愛は、決して冷めていないと伝えると、『今あなたは幸せですか？』という質問に、『はい』と答えてくれました。早く院長に知らせたかったんですけど、冬子さんの希望で、秘密にせざるを得ませんでした。夕食の時間に、院長が気のせいかもしれないと言った、冬子さんの口角が上がったのは、僕が、院長の変わらぬ愛を伝えたからだと思います。それまでの冬子さんは、院長の彼女への愛が冷めてしまったと、勘違いしていたようでした。

疑問に思ったのは、なぜ院長に、意識があることを秘密にしておきたかったのかという点です。僕が思うに、それは、冬子さんの思いやりだったのではないでしょうか。自分にまだ意識があることを知ると、院長は仕事が手につかなくなり、罪悪感に陥る。半殺しと同じ、つまり、一気に殺すよりも、半殺しのほうが酷《ひど》い仕打ちですから。そう思わせないために、自分が完全に脳死したように見せたかったんじゃないでしょうか……。いずれにせよ、お二人は、相思相愛だということです。

僕の手術に、九カ月もの月日を費やしてしまい、申し訳ないと同時に、まだ冬子さんの意識があってほしいと願うばかりです。

さようなら、院長、冬子さん

日野より

（冬子の脳は生きている！）

びっくりした院長は、冬子が飾られている屋根裏部屋へと急いだ。

「冬子！　冬子！」

院長は話しかけてみたが、動く気配はない。それどころか、無情にも、点滴液が床に落ちて、水浸しになっているではないか。ということは、冬子の体に液が回らなくなった、つまり、冬子の心臓が完全に止まったことを意味していた。

点滴の針を抜き、聴診器を当ててみる。心音は聞こえなかった。冬子は、本当の人形になってしまっていた。

院長は、間に合わなかったことへの無念のあまり、慟哭していた。

その日から、食事が喉を通らなくなり、体中の水分が、すべて涙として出ていったかのように、院長は一気に老けてしまった。

生きる希望を完全に失った院長は、ある決心を遂行《すいこう》するため、準備を始めるのだった。

そしてある日、リュックに少しの食料と水、用意した道具を詰め、向かった先は、人気《ひとけ》のない山中だった。

それを実行するにふさわしい場所を探すため、三日間歩き回ると、ようやくいい場所を見つけた。

そこは、樹齢千年くらいはあるだろう大樹が聳《そび》える、鬱蒼《うっそう》とした所だった。院長は、リュックからナイフとロープを取り出した。そして、自分よりも重そうな岩を見つけ、ロープで縛ると、大樹の近くへ引き寄せた。幹をよじ登り、太い枝にロープを巻き付けて輪を作ると、

「今日は死ぬにはよい日だ！」

と叫び、その中へ頭を入れて、太い枝から飛び降りた。それから、持っていたナイフで、自分の心臓に止《とど》めを刺したのである。

◇

日野を乗せた馬場のワゴン車は、日中でも人気のない山林に到着した。

猿の日野は、車から降りると、馬場に深々と頭を下げ、山中へと走り去った。

病院へ戻った馬場は、無事に日野の手術が終わったことを、青柳に知らせようか迷ったが、なにか問題が起こったときだけ連絡するように言われていたので、電話をするのをやめた。


さて、猿になって初めての生活が始まった日野は、まず、食料を探すことにした。バナナの木があれば一番いいのだけれど、残念ながら、ここに野生のバナナはないらしい。

暫く探していると、ありがたいことに、アケビの実を見つけた。お腹が空いていたので、それを頬張った。

(なんて幸せなんだろう……。おそらく、人間と獣の唯一の共通点は、食べるときが一番幸せなところなんじゃないかな。これからは、時間もお金も着る服も気にすることなく、自分のペースで、のんびり過ごすことができるんだ！　鳥の囀《さえず》り、風の匂い、季節の彩り、自然のすべてに癒やされながら暮らせるんだ！　なんてすばらしい日だ！）

思わず心の声が漏れて、

「アーエ　ウアアイイ　イアーーー」

と吠えていた。

葛《かずら》を編んで、ハンモックのような寝床を作り、夜は、満天の星を眺めながら眠った。

日野は、人間界よりも快適な生活だと感じていた。

日野が山林に入って二週間が過ぎた頃、人気のないはずなのに、なんだか騒々しい。何事かと思い、声のする方を見ると、銃を持った人が走ってくる。日野は咄嗟に身を隠したのだが、

「いたぞー！」

見つかってしまったようだ。

逃げようとした瞬間、パンッという音と同時に、日野は倒れた。

（僕は死んだのか？）

だんだんと意識がなくなっていく――。

徐々に目を開けると、そこは檻の中で、トラックに乗せられているようだった。

(死んでないみたいだ。いったいどこへ連れていかれるんだろう……)

不安でいっぱいの日野をよそに、トラックはどんどん走る。麻酔がまだ効いているらしく、日野はまた眠りに就いた。

再び目が覚めたときには、獣臭が漂うコンクリートの部屋にいて、鉄格子の向こうには、本物のチンパンジーが数頭いた。自分だけ隔離されているようだ。

いろんな動物たちの声が、あちこちから聞こえてくる。つまり、動物園に連れてこられたのだった。

たまたま山に入った人間が、猿の日野を見かけ、動物園から逃げ出したと勘違いし、通報したのだった。

(とりあえず、食事の心配はないだろうが、せっかく自由を手に入れたばかりだったのに……。いつか脱出してみせるぞ!)

翌日から日野は、本物の猿の動作を観察して、自分も本物に近づくよう、努力することにした。

（飼育員と仲良くなって、隙を見て脱出すればいいや）

と、呑気に考えていた。

「いったい、どこの動物園から逃げ出してきたんだ？」

飼育員がバナナを渡しながら、日野に向かって話しかけてきた。

（紙とペンがあれば、会話ができますよ）

と、心の声で喋りながら、わざとキョトンとしてみせた。

園長は、手当たり次第、動物園に電話して、猿がいなくなっていないか、問い合わせに尽力していた。

しかし、日野が捕獲されて一週間経った今も、どこもちゃんといるとの返答ばかりだった。

当初は、日野だけ外に出してもらえなかったけれど、一カ月経っても『うちの猿知りませんか？』という呼びかけがないので、次第に、うちの子にしようかという空気になり、日野も外に出て、日光を浴びれるようになった。

お日様に当たるのも大事という、人間と獣の共通点を、もう一つ見つけたことに、喜びを感じる日野だった。

(猿になって、すべてを失って、ちょっとしたことに喜びを発見できるようになった)

改めて日野は、生まれ変わった自分に満足していた。

動物園に居心地の良さを感じていたある日、飼育員がションボリして、果物を日野に渡しに来た。

「ごめんな……」

(なにを謝るのだろう……)

理由もわからないまま、翌朝、日野はまた檻に入れられ、トラックに乗せられた。

(今度はどこに行くんだ?)

暫く走り続けたトラックは、「本多剝製製作所」と書かれた看板の前で、ようやく止まった。

小柄でみすぼらしい身なりの老人が、戸を開けた。

「ごくろう。中に運んでくれぃ」

作業場には、ありとあらゆる動物の剥製が置いてある。そこは、異様な空気に包まれていた。

トラックの運転手と助手は、日野の檻を運ぶと、さっさとそこを後にした。

「これはいい体付きの猿だわぃ。剥製にするのが勿体ないがぁね。きっとダンナも喜ぶわぃね」

(僕は剥製にされるんだ……)

日野は、恐怖の中にも冷静さを保ち、この癖のある喋り方をする老人を観察した。

「今日は道具の準備をして、明日にでも作業に取り掛かろうかぃね」

(しめた！　逃げ出すには十分《じゅうぶん》時間がある。幸い、錠の鍵も目の前にぶら下がったままだ。この老人が寝入るまで、おとなしくしていよう)

暫く老人を窺っていると、誰かに電話をし始めた。

「あい、ダンナですか？　今日、例の頼まれた物《ぶつ》が届いたんで、明日あたり作業に取り掛かろう思ってるんですがぁね、本当に五千万くれるんでしょうねぃ？」

(誰だっ五千万も出して、猿の剥製を依頼した奴は！)

「あい、どうも。いつもご贔屓《ひぃき》に……」

（今までも、生きている動物たちを、剝製にするためだけに殺してきたのだろうか……）

人間に対する怒りが、込み上げてくる日野であった。

お腹が空いた日野を尻目に、老人は作業場の奥にある台所で、なにか食べている様子だった。

さて、夜も更け、老人が鼾《いびき》をかき始めたので、日野は目の前の鍵で檻から出た。そして、ふと机の上にあるメモ紙に目をやると、『角本徹也（ダンナ）』とあり、住所が記されていた。

（角本？　もしかしてアイツ……？）

とりあえず、そのメモ紙と、老人のスマホを盗んで、そっと作業場を後にした。

その日は満月だったので、走りやすかった。山を目指して走っている最中、ふと『角本』が気になった。顔は覚えていたので、スマホでメモ紙の住所を検索し、地図のとおりに、その場所へ行ってみることにした。暗いうちに移動しないと、また人間に通報されると思った日野は、全速力で急いだ。

途中、飼い犬に吠えられながらも、犬小屋の側にあったドッグフードの缶詰を一つ頂戴し、空腹を満たすと、また走り出した。

白々《しらしら》と夜が明けてきた頃、ちょうど目的の場所に辿り着いた。スマホで示されたその場所のすぐ隣には、「角本歯科クリニック」があった。

（この人物は歯科医だ！）

自宅の方の窓をそっと覗くと、カーテンの隙間から、何体もの剝製が部屋中に飾られているのが見えた。

その隣の部屋の窓を覗くと、ベッドを囲むように剝製が置いてあり、角本らしき人物が、女と寝ていた。

（顔を確認したい！　顔を上げてくれ！）

祈るように念じていると、そのダンナが動いた。

一つあくびをすると、女をベッドに残して、窓の方に近づいてくる。カーテンを開けるようだ。

日野は、出窓の下の壁にピッタリ体を押し付けて、身を隠した。

（間違いない。あの角本だ……。青柳院長と冬子さんを苦しめたくせに、のうのうと暮らしやがって……）

日野は、院長の仕返しとまではいかないが、ちょっと悪戯してやろうと思った。

(そうだ！　剝製のふりをして家の中に入り込み、驚かせてやろう！)

家の周りを一回りして、なにかを探し始めた。

ゴミ置き場に、ダンボールが山積みにされている。

(これだ！)

その中から、大きめで箱になったままのを見つけ出すと、一つ抜き取った。

玄関の前にダンボールを置くと、その中に入り、角本がドアを開けるのを待つことにした。

(ポストに新聞が挿さっていたから、必ず取りに出てくるはずだ)

カチャッ
暫くすると、あんのじょう角本が、新聞を取ろうとドアを開けた。

「ん？　なんだこの箱は……」

封をしていないダンボールを覗いてみると、

「ああ、剝製か……。あのじいさん、今日から作業に入るって言ってたのに、おかしいな……。ま、いっか。オレが困るわけじゃねーし。でも、なんで黙って置いて行ったんだ？　盗まれたらどうすんだよ……」

文句を言いながら、ダンボールを持ち上げようとしたが、諦めた。

「やけに重《おみ》ーな……。奮発したから、詰め物多めにしやがったな……ハハッ」

角本はダンボールを家の中へ引き摺り込むと、新聞を取りに行った。

それから、ダンボールごと寝室へ引き摺って行き、中身を出すことなく、部屋を後にした。朝食を取るために、ダイニングルームへ向かったのだった。

（しめしめ、ちょっと出てみるか）

日野がベッドを見ると、女はまだ横たわっている。

寝返りも打たない女に違和感を覚え、女に近づいてみた。

（どこかで見たような……虚ろな目――冬子さん!?）

布団を捲《めく》ってみると……動かない。左手の薬指に指輪がある。

（フランス人形の冬子さんだ！　とうとう本当の人形になってしまったんですね……。でも、どうしてこんな所に……？　院長はなにをしているんだろう……。命が長くないと言っていたけど、まさかもうあの世に……？）

人形の冬子に布団を掛けると、真実を明らかにするべく、暫くこの家で生活してみることにした。そのためには、角本に自分が剥製だと思い込ませ続けなくてはならない。

そこらじゅうに置いてある剝製の一つから、ガラスの目玉を二つ刳《く》り貫《ぬ》くと、ふたたびダンボールの中へと戻った。

聞き耳を立てて、寝室の外にいる角本を窺っていると、足音が近づいてきて、カチャッとドアノブの音がした。

「ハニー、今日もお仕事行ってきますよ。さあ、起きようね」

普段喋る声とは明らかに違う声で、角本は人形の冬子に話しかけた。ベッドに横たわっている冬子を抱え起こすと、壁際に置いてあるガラスケースの中へ、大事そうに終《しま》った。

服を着替えると、寝室を後にし、玄関から出ていく音がしたので、日野は箱から出た。

（さて、僕も詮索開始だ）

まずは、片っ端からドアを開け、部屋を覗いていく。大体の見取り図を頭に入れてから、気になる部屋に入って探《さぐ》ることにした。

（部屋を見る限り、角本は独身で、趣味は剝製収集、かなりの酒好きのようだな……。僕が知りたいのは、冬子さん人形をどうやって手に入れ、五千万もの大金をどうして持っているかだ……）

そこで、書斎を探ることにした。狙ったのは、パソコンだ。電源を入れると、顔認証をしないと開かない。今日は諦めて電源を切り、なにか他の情報がないか、机の引き出しを開けて探した。すると、「落札証明」を見つけた。『商品名――等身大のフランス人形（ガラスケース付き）』一週間前に、一千万円で落札されていた。ネットオークションのようだ。

（青柳院長が、冬子さんを手放すはずはない。ましてや、売るなんてあり得ない。出品者は、どうやって冬子さんを入手できたのか……）

日野は、盗んだスマホを使って、出品者のメールアドレスへ連絡してみることにした。角本になりきって……。

『一週間前に、オークションでフランス人形を落札した角本です。人形はとても美しく、たいへん気に入っています。ぜひ、もう一体入手したいのですが、用意できますでしょうか……？　連絡お待ちしています。』

（っと、送信――これで返事がくればいいけど……）

他に手掛かりはないか探すと、『サリエ財団』と印刷された封筒が、何十枚も一番下の大きな引き出しに入っていた。

封筒の中にはパンフレットが入っており、世界中の恵まれない子供たちへ、寄付をお願いする内容だった。代表者は『関《せき》サリエ』になっている。

（角本は、関サリエという名を利用して、詐欺を行っているんじゃ……）

嫌な予感が日野を襲った。

そして思い出したように、セロハンテープ、ガムテープ、ティッシュ、マジックなどの道具を見つけ出し、寝室で作業を始めた。

◇

一方こちらは、本多剝製製作所——老人が目を覚まし、作業場の檻が蛻《もぬけ》の殻になっているのに気づいた。

まだ猿が、近くをうろついているんじゃないかと、一目散に外に飛び出した。だいぶ探したが、見つからない。

「オイの五千万が……」

肩を落とし、作業場へ戻った老人は、角本には報告しないでおくことにした。向こうから連絡があれば、ちょっと失敗して、商品にならなくなったと、嘘をつけばいい。

そう思っていたので、スマホが盗まれていることには、気づいていなかった。

◇

寝室で作業を済ませた日野は、使った道具を元に戻し、ダイニングルームで食料を盗み食いした。そして、トイレで用を足し、また寝室へ戻った。

スマホの電源を切り、試行錯誤の末やっと完成させた物を装着し、ダンボールの中で寝ることにした。

玄関の鍵を開ける音で、日野は転寝《うたたね》から目を覚ました。角本の前では、自分は剥製になりきらねばならない。そこで、「ダルマさんが転んだ」を思い描きながら、息が止まっているような呼吸を意識するよう、心掛けた。

いつ寝室に入ってくるかわからない角本を、息を殺して待ち続ける。

カチャッ

「ハニー、ただいま」

ガラスケースの中の人形に声をかけると、部屋着に着替え、

「さてと、五千万の代物を、どこに置こうかな……」

角本は家中を歩き回り、数分後——、

「やっぱりここだな」

そう言うと、日野が入ったダンボールを、書斎まで引き摺っていった。

そして、とうとう日野を抱え上げ、ダンボールから出してしまった。

日野は、机の斜め後ろ側――角本が椅子に座ったとき、背側になる所に置かれた。

「奮発しただけあるぜ。今までで一番リアルな剥製だな……」

意外にも、生身だとばれていない。

日野が寝室で作業していたのは、ガラスの目玉ゴーグルを作るのと、屈《かが》んだポーズの状態でスマホが隠れるように、自分のお腹にポケットを作っていたのだった。朝方、目玉を刳り貫かれた剥製には、ティッシュを丸めてマジックで黒く塗ったものを嵌《は》め込んで、応急処置をしてある。ポケットは、一番毛が多そうなシロクマの毛を少しずつ毟《むし》り取り、その毛をマジックで黒くして、黒く塗った紙にテープで貼ったものを、お腹に貼り付けてある。

日野を置いた角本は、書斎を出ていった。

（フーーーッ、これでちょっと動ける……）

日野は、目玉ゴーグルを少しずらして辺りを見回すと、自分がベストポジションに置かれたことを喜んだ。

（背側なら、少しくらい動いてもばれないし、この部屋なら、パソコンでアイツがなにをしているのかもわかる）

寝る前にふたたび角本が書斎に来るとみて、緊張感を保ちつつ、体の力を緩めて待機していた。

すっかり外が暗くなった頃、カチャッと音がし、あんのじょう角本が、電気のスイッチを押して入ってきた。

日野は剝製に戻った。まだ目で見ることはできないので、気配を感じながら耳を澄ました。

（酒臭い……ウイスキーか？）

角本はグラスを手に、カーテンを閉め、椅子に座ってパソコンの電源を入れた。

「今日は三人っと……。金額は……チッ、しけてんなぁ。三人でたった三万かよ……ったく。一人で一億も寄付した馬鹿もいるってのによ……」

（一億も寄付……？）

日野の脳裏を青柳院長がかすめた。

「さっそく、じいさんに五千万振り込んどくか……」

（剝製作ってないのに、あの老人、お金が入ってたら驚くだろうな……）

思わず日野は、笑いそうになった。

暫くパソコン作業をしていた角本が立ち上がり、部屋の電気を消して、書斎を後にした。

もう戻ってこないと確信した日野は、目玉ゴーグルをずらして、立ち上がった。

パソコンのランプが点滅している。

(電源を切らずに行ったのか?)

試しにキーボードを押してみると、ホーム画面になった。

(さっきの独り言、アイツは寄付と偽って、大金を手に入れているはずだ……)

手あたり次第パソコンを探っていると、『寄付者一覧』というファイルがあった。

それを開いて、青柳院長の名前がないか、調べることにした。

(僕の体の手術が終わったのは、たしか……十月だったはずだ。角本が同窓会を知らせに来たとき、日にちを「来月の十一月十一日」って言ってたから。それより前に院長と別れているから、九月に寄付した人の名前を見てみよう。院長の名前がないことを祈って……)

九月の所だけ見ていくと——、

(……二十七日、青柳嵩《たかし》、一億円……あった……よりによって、アイツに騙されてるなんて……）


パソコンの画面をホーム画面に戻し、電源はそのままにしておいた。

暫くすると、画面は暗くなり、ランプが点滅に変わった。

日野は白々と夜が明けるまで、大の字になって床で寝ることにした。


潜入二日目の朝、日野は、角本が出勤前にこの部屋に来てもいいように、伸びをして定位に戻り、目玉ゴーグルを着けて準備をした。

（目が見えない間は、音だけが頼りだ）

微かな音も聞き逃さずにいた。

カチャッ
角本が書斎に入ってきた。カーテンを開けると、椅子に座り、パソコンを見ているようだ。日野は内心、自分がパソコンを触ったことがばれていないか心配したが、それは無用だった。

角本は、朝のメールチェックをしてから、電源を切るのがルーティンだった。

無言で書斎を出ていくと、暫くあちらこちらで足音をさせて、玄関から遠ざかっていった。

角本は、自宅の隣にあるクリニックに入ると、院長室で白衣を羽織った。こちらの本業は、閑古鳥が鳴いているようで、一日に五人患者が来ればいいほうだった。ほとんどの患者は高齢者である。周りが田んぼの中に、ミスマッチな洋館がポツンと建っているのだった。

間もなく、若い女が、気だるそうな声で入ってきた。

「院長、おはよー」

院長室の隅に、L字型のカーテンレールがあり、一人分のロッカーが置かれている。女はカーテンを閉め、仕事着に着替え始めた。

従業員は一人だけで、この女が受付と歯科助手の両方を兼ねていた。着替え終わった女の名札には『関』とあった。

「院長《いんちょ》ー、明日定休日だから、今晩ウチに来るでしょ？　久しぶりに、どっか食べに連れてってよ」

「あー？　そうだな……今、金持ちだしな、オレ」

角本はニヤリと笑った。

「こんなに暇で、来る患者は年寄りばかりで、なにが金持ちよ」

「あっ、言ってなかった？　オレ副業してんだぜ。なにをしてるかは言えねーけど」

「ちょっと……、ヤバイことじゃないでしょーね？」

「まっ、いいじゃねーか。今日は早く閉めて、高級料理食いに行こーぜ」

◇

角本が出勤していって、伸び伸びしていた日野は、スマホを充電しながら、メールチェックをしてみた。二通届いていた。一通は商品広告で、もう一通は、名無しの権兵衛からだった。

『先日は、高額で買っていただき、ありがとうございました。もう一体欲しいとのことですが、申し訳ございません。あの人形は、実は盗んだ物なのでございます。と言いますのは、とある病院の院長が行方不明になり、家宅捜索する際に発見された物でございました。私は、その時現場に同行した、鍵職人でございます。隠し部屋のような屋根裏に、チェロ、バイオリン、そして人形が置かれていました。私は一目で、その人形の虜になってしまい、夜になって忍び込み、人形を盗んでしまったのです。家に持ち帰った日から、悪夢を見るようになり、三日間眠れない日が続きました。そのため、戻しに行こうと思ったのですが、つい魔が差して、借金返済のために売ることにしたのです。ネットオークションなら、顔がわからなくてすむと思いました。人の所持品を売るなんて、これは犯罪だと十分承知していますが、どうかこのことをお許しくださぃ……』

（院長は角本に騙され、冬子さんは、もう意識がないにしても、会いたくないヤツの傍にいるなんて……。なんの因果なんだ……。それに、院長はどこへ行ってしまったんだ？　あの世へ行っていたら、亡骸《なきがら》があるはずだ……。しかし、ばれない犯罪って身近にあるんだな……。やっぱり人間って怖い…………。これで、僕が知りたかったことは明らかになったけど、院長の行方が新たに気になる……）

いろんなことを考えながら、証拠を残さないために、自分が出品者へ送ったメールと出品者からのメールを、削除した。そして電源を切ると、スマホをお腹のポケットに終った。

食料を盗み食いして、用を足し、（もうこの家には用がないから、今晩アイツを驚かせて、そのまま逃げよう）と、書斎へ戻り、計画を練っていた。

午後三時すぎ、ガチャッと玄関から音がしたので、日野は急いで定位に着いて、ゴーグルを直した。

足音は寝室へ向かい、洗面所へ行って、そのまま玄関を出て行った。

車のエンジンを吹かす音がしたかと思うと、走り去って行った。

車の音がふたたび聞こえるまでは、ゆっくりできるなと、日野は立ち上がった。

◇

関という女を助手席に乗せた角本の車は、一時間ほどかかる高級料理店へと向かっていた。

「久しぶりの遠出だね、うーれしー。それより、一人暮らしなのに、なんで私を家に入れてくれないの？　院長の女になって十年経つのに、いつもウチじゃん……」

「お前んちのほうが落ち着くんだよ」

「じゃあ、結婚してよ」

「またその話か……。オレとお前、三十も年離れてるんだぜ。お前もいつか、このおっさんに嫌気がさす時がくるさ」

と、角本はこう言っているが、本心は、あの冬子人形に恋をしていた。いっさい文句を言わない人形のほうが、生身の人間よりずっと魅力的だった。

「サリエ、悪《わり》いけど、お泊まりはまた今度な」

「えーっ、信じらんないっ」

膨れっ面をした女を宥《なだ》めるように、

「好きなだけ食べていいからさ、オレは今日酒飲めねーけど、お前はいくらでも飲んでいいからさ」

「なんか最近冷たくない？　もしかして他に女？」

「んなわけねーだろ。気のせいだよ。こんなおっさん、誰が相手にするんだよ」

「ここにいるけど……」

女は、自分の顔を指差す。

「ハハハッ、お前かわいいなー」

その一言で、女は機嫌を良くした。

二時間ほど高級料理を堪能した後、カラオケボックスに二時間入り、二人は繁華街を後にした。

◇

夜九時すぎに、女をアパートまで送り届けた角本は、自宅へ帰り着いた。

日野は、ヤツを早く驚かせて、山へ帰りたかった。スタンバイしていると、カチャッと音がし、部屋が明るくなった。誰かと話しているようだ。

「……なんで来なかったんだよ、わざわざ知らせに行ったのによぉ。ところでさ、今日、警察から電話があってさ、なんか、青柳嵩？　って知ってるかってさ。同級生らしいんだけど、お前、知ってる？　へ？　同じサークルにいた？　楽器は？　チェロ？　そんな奴いたっけ？　そいつ、警察に追われてんの？　は？　行方不明？　へぇー、お前が捜索願出したの？　オレ、まったく覚えてねーわ。そいつの顔みりゃ思い出すかもな。まあ、オレには関係ねえ話だぜ。じゃーな」

この会話を聞かなければ、日野はただ、目の前にいるヤツを驚かせるだけだったのに――。

急に怒りが込み上げてきて、ゴーグルを外し、ヤツに飛びかかっていた。

剥製が動き出したので、角本はスマホを投げ飛ばし、腰を抜かして床に這い蹲《つくば》った。あまりの恐怖に声も出せずに震えている、ヤツの腕に噛み付いた。

「ギャーーーッ」

痛がるヤツを尻目に、電気コードを引っこ抜いて、ヤツの首に巻き付け、思いっきり締め上げた。断末魔に顔を歪め、ヤツはあっけなく死んだ。

正気に返った日野は、

（せっかく猿になれたのに、殺人を犯してしまった……。これじゃ僕は、愚かな人間と同じじゃないか……。外見が変わっても、しょせん僕は人間なんだ。この事実は、変えることができないんだ……）

と、絶望感に襲われた。

電気コードを角本の首に巻き付けたまま、ヤツの車のキーを見つけ出し、車に亡骸を乗せると、日野は車を山へと走らせた。夜なので、猿が運転しているとは、誰も気づかない。お腹のポケットに入れていたスマホは、途中、車から投げ捨てた。

山へ到着すると、車を乗り捨て、角本の亡骸を引き摺りながら、暗い山中を奥へ奥へとひたすら歩いた。体力の限界まで歩くと、疲れと眠気のために、自分も亡骸のように地面へ横たわってしまった。


（ここはどこだ？）

意識が戻った日野は、目を開けた瞬間、自分がどこにいるのか、わからなかった。

（ああ……、そうだった。僕は人を殺《あや》めてしまったんだ……。コイツを……）

亡骸になった角本に目をやった。

（ここまで来れば、時間はいくらでもある）

日野はふたたび角本を引き摺って、日中でも薄暗い山中を歩き始めた。

どれくらい歩いただろう。気がつくと、目の前に大樹が聳えていた。

あまりの大きさに、日野は顔を上下左右に動かさなければならなかった。

全体像を眺めた後、細部に目をやると、気になるモノを発見した。それは、太い枝に巻かれたロープにぶら下がっていた。

樹の近くまで行って見上げると、人間のようだ。最近のモノではなく、数カ月経っている人間の亡骸だった。

(自殺したのだろうか……?)

リュックがあることに気づいた日野は、中身を確認することにした。

免許証が入っている。

(はっ……院長……)

日野は言葉を失った。こういう形で、院長と再会するとは、思ってもみなかった。

暫くして、顔はまったく誰だかわからなくなっている亡骸を見上げると、日野は話しかけた。

(院長、お久しぶりです。完全に猿になった日野です。見えていますか? 院長たちに、せっかく猿に生まれ変わらせてもらったのに、すみません……僕は脳まで猿になれませんでした。外見が変わっても、中身は人間のままだったんです。そして、僕は罪を犯してしまいました。あそこにいる男を殺めてしまったんです。誰だと思います？　院長と冬子さん、いやそれだけじゃない、多くの人を苦しめた、角本ですよ。アイツ、院長のこと、覚えてなかったんですよ。あんなに院長に嫌がらせをしたくせに……。いじめっ子ほど、自分のしたことを、都合よく忘れますもんね。僕は、怒りを抑えることができず、気づいたら、アイツを殺していました。でもね、院長、僕は後悔していないんです。僕は捕まらないし、新たな決意が生まれたんです。今度こそは、幸せになれる自信があります）

と、心の声で……。

日野は、院長と反対側の太い枝まで、角本を担いだり引っ張ったりしながら、運んだ。

そして、首に巻いた電気コードの先を枝に縛り、角本を宙吊りにすると、樹の洞《うろ》の中へと入った。

そう、日野の新たな決意とは、「樹になること」であった。彼は、地球上のあらゆる生物の中で、植物が最強だと知っていた。そして、一番「神」に近い存在だと。

彼は、樹の栄養となり、一体化するという、至福の境地に達したのであった。

今でも彼は、ワシの中で、ワシの体の一部として、生き続けている。

樹人

2025年 3 月27日　初版第 1 刷発行

著　　者　桐縞牡丹
発 行 者　中田典昭
発 行 所　東京図書出版
発行発売　株式会社 リフレ出版
〒112-0001　東京都文京区白山 5-4-1-2F
電話 (03)6772-7906　FAX 0120-41-8080
印　　刷　株式会社 ブレイン

ISBN978-4-86641-848-3 C0093
Printed in Japan 2025